熊本県水俣市の水天公園に代表句
《少年に還る日はなし楠若葉》を刻む。



# 吉岡龍城の川柳と気風

吉岡茂緒 編
Yoshioka Shigeo

「噴煙」30周年記念号
通巻365号。
（昭和55年6月号）

カントリークラブにて栄光花氏の句碑。左端が龍城。
（昭和53年9月26日）

第17回全伯川柳大会
（昭和53年9月24日）。
中央が龍城。

大正　　　昭和

12年

３月29日、熊本県宇土郡宇土町（現宇土市）に父喜平、母タキの二男として生まれる。本名辰喜。吉岡家は五代前の清七が藍染屋を家業として花園村（現宇土市花園町）から、城下町の宇土へ移住した時にはじまる。祖母エミは嘉永6年（1853年）から昭和16年（1941年）までの九代を生きた人で、維新後のええじゃないか騒動や西南戦争のことなどよく話し聞かせていた。

3年

父喜平（明治19年〜昭和40年）昭和3年頃、肥料、農業資材取り扱い業、兼東亜煙草株式会社代理人として熊本市に事業所を構え、一家も移り住んだ。

18年

熊本市立本荘小学校、旧制鎮西中学校を経て日本大学繰り上げ卒

辛島静府氏と趣味の謡曲おさらい会（昭和61年2月23日）

「入門教室　川柳みちしるべ」（平成2年刊）

「吉岡龍城作品コメント集　とまり木」（平成3年刊）

川柳噴煙吟社創立50周年祝賀会。森中惠美子氏を中心にフィナーレのコーラス。中央に座るのが龍城。（平成12年7月15日）

業。徴兵される。

20年　中支戦線でグラマンの機銃掃射により負傷。余病を併発して、最後の病院船で内地送還となる。終戦を、熊本陸軍病院派遣杖立温泉で迎える。復員後、家業を手伝う。

25年　包装関連の会社創立
川柳噴煙吟社創立と共に入会

45年　川柳噴煙吟社会長就任（大嶋濤明死去の後任）

53年　ペルー川柳会、桑港川柳会、全伯川柳大会等に参加し交流を深める（ブラジル移民70周年記念）

62年　第二回国民文化祭くまもと'87文芸大会開催。課題「火」選者

## 平成

2年　「川柳みちしるべ」出版

3年　吉岡龍城作品コメント集「とまり木」出版

7年　社団法人全日本川柳協会常務理事

「川柳ふんえん」通巻600号記念号（平成12年1月号）と、「川柳噴煙」通巻440号（昭和61年9月号）。

㊨平成19年9月6日、荒木精之記念文化功労者授賞式にて。左は編者で実弟の吉岡茂緒。
㊤熊本市内ホテルにて（社）全日本川柳協会会長就任祝賀会を盛大に開催。写真はあいさつする龍城（平成17年）。

## 平成

就任

8年 第二十回全日本川柳熊本大会開催

9年 秋叙勲木杯一組台付賜与を受ける

11年 社団法人全日本川柳協会理事長就任

12年 川柳噴煙吟社創立50周年祝賀会

14年 社団法人全日本川柳協会会長就任

15年 熊本県芸術文化功労者顕彰

17年 社団法人全日本川柳協会会長退任
社団法人全日本川柳協会名誉理事長となる
川柳噴煙吟社名誉会長となる

18年 「川柳・続とまり木」出版
「川柳・続とまり木龍城作品コメント集」出版

19年 「川柳・続とまり木龍城の世界」出版
荒木精之記念文化功労者受賞

21年 5月22日死去。享年86

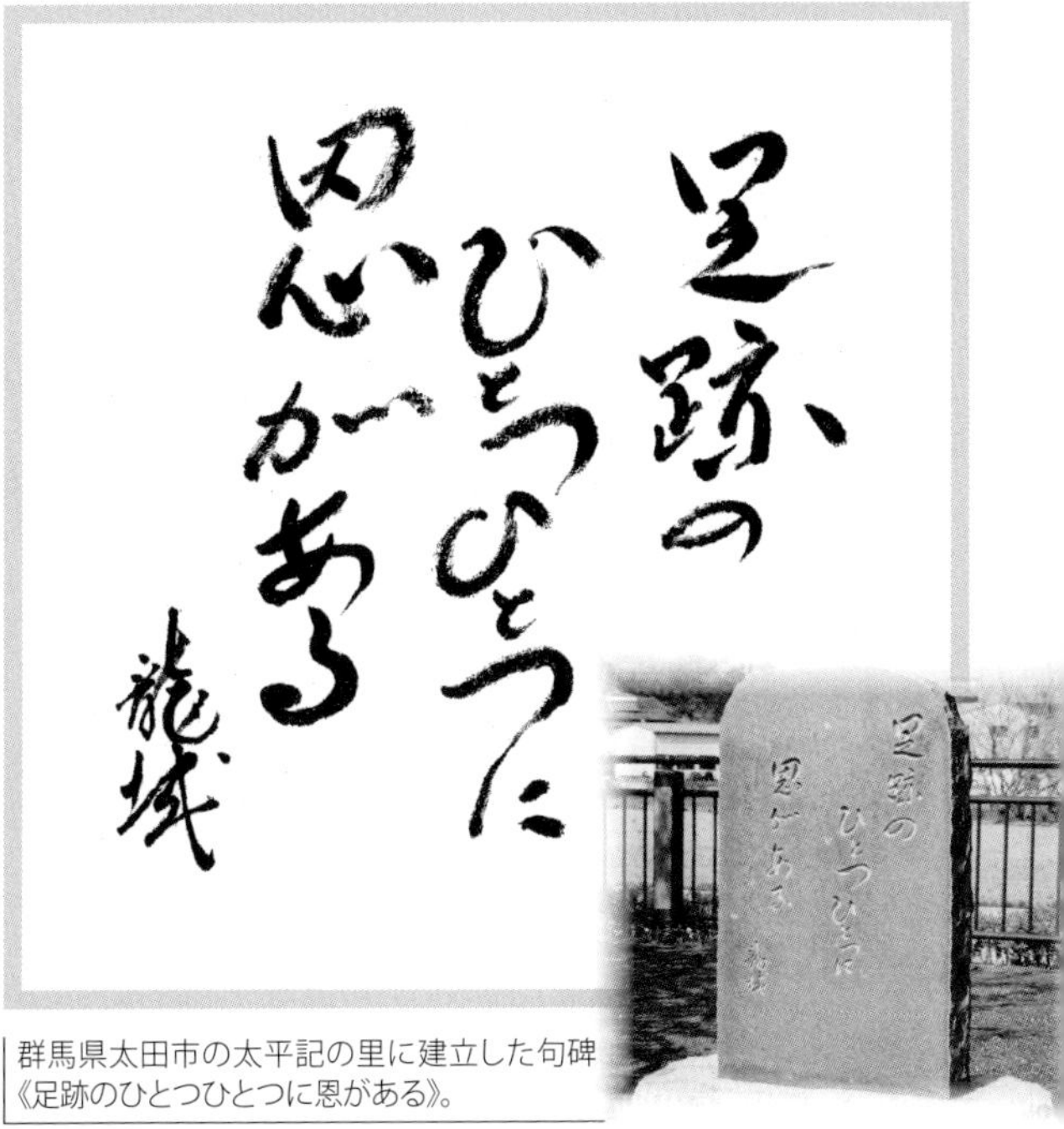


群馬県太田市の太平記の里に建立した句碑
《足跡のひとつひとつに恩がある》。

吉岡龍城先生を偲ぶ会にて。各方面から駆けつけてくださった方々と一緒に、龍城の十八番だった「もしもピアノが弾けたなら」を合唱。（平成21年7月20日）

龍城著
「川柳・続とまり木」
（平成18年刊）

(火曜日)　第7387号　日伯毎日新聞

◎川柳大会

写真右上＝締切り時間に追われながら秀句をものにしようと苦吟する柳人たち。写真右上＝日本からの使節団をかこんで、社交後の休み時間に記念撮影——。はるばると、パラナ州やマットグロッソ州などの奥地から出てきた柳人たちにとって、特に二度のこの大会の記念写真は、楽しい思い出のアルバムとなることだろう。

◎老人週間

写真右下＝日伯援護協会主催の第九回老人週間は、二十三、二十四日の週末二日、文協大サロンと記念講堂で行なわれた。〝幾つになっても若々しい老後を——〟などのキャッチフレーズで、多彩なプログラムが組まれ二日間とも大賑わい、特にこの老人週間の〝目玉〟、西村光明事務局長（全伯老人クラブ連合会）の講演は大好評で、二日間とも超満員の聴衆に大きな感銘をあたえたようだ。

◎赤間学院で二十周年記念祭

写真左下＝財団法人赤間学院の二十周年記念式典は二十四日、午前十時から同校校庭に約二百人が招待されて催された。式典は内山良文氏の司会で進められ、二十年勤続役員の表彰や顧問、前議員への記念品贈呈、そのあと和やかな祝賀レセプションが催された。

日伯毎日新聞社主催・ぶらじる川柳社後援の日本移民七十年記念第17回全伯川柳大会の開催記事。前列右から13人目が龍城。（昭和53年、日伯毎日新聞）

ほうふ日報

全日本川柳協会会長、顧問が列席

## 第51回山口県川柳大会

防府天満宮参集殿で盛大に開催

あいさつする全日本川柳協会吉岡会長

9月29日、防府天満宮参集殿で、防府川柳会（梅田伊佐巳会長）引受けによる第6回やまぐち県民文化祭・第51回山口県川柳大会（有村幸夫事務局長）が開催された。

今回は川柳界の重鎮である全日本川柳協会吉岡龍城会長、衆議院議員で文部科学委員長、同協会顧問もつとめている河村建夫議員も列席という大会史上、異例の名誉ある大会になり、早川双鳥山口県川柳協会会長は「会長、顧問列席という光栄のもとでの大会開催を喜び感謝している。平成18年に行われる国民文化祭全国川柳大会は新川柳の中興の祖といわれている井上剣花坊のふるさと萩市で行われることになっている。剣花坊の精神を心として、皆さんと共に力を合せてより立派な国民文化祭となるようがんばりましょう」とあいさつをした。

大会は、ひょろひょろ、発表、演技など7つの課題に県内151名の柳人が競い、一位の県知事賞は光市の松前貞子さんが獲得した。

防府勢では9位に吉武三和子さん、11位に安村敏子さんが入賞した。

以下、順位は次の通り。

①県知事賞＝松前貞子
②全日本川柳協会会長賞　上野悦子（下関市）
③山口県議会議長賞　三隅豊州（山口市）
④山口県教育長賞　山縣双章（大島町）
⑤防府市長賞　菊永咲子（小野田市）
⑥防府市議会議長賞　平山敏子（小野田市）
⑦防府市教育長賞　山手一威（山口市）
⑧山口県川柳協会会長賞　藤井利子（宇部市）
⑨吉武三和子（防府市）
⑩中前幸子（山口市）
⑪安村敏子（防府市）
⑫末次玉枝（新南陽市）

右から清広、杉本、大森風来子主宰、吉岡龍城会長夫妻、飯田、沖本の諸氏

## 川柳で交流深める

大森風来子、吉岡会長ら日本川柳界の大御所来秘

㊨日本移民七十年記念第17回全伯川柳大会にのぞむ龍城。川柳ますかっと主宰・大森風来子らと日本代表団として来訪。大会には97名の参加で盛会。
㊧第6回やまぐち県民文化祭・第51回山口県川柳大会開催記事（平成14年10月8日、ほうふ日報）

❶

熊本日日新聞　平成14年(2002年)8月23日　金曜日

## 近況

## 川柳の底辺拡大に努力

### 全日本協会長に就任の吉岡龍城さん

全国の約四百の結社で組織する全日本川柳協会の理事長を三年務め、六月に会長に就任した。

会長は、文化庁との折衝や国民文化祭川柳部門を取り仕切る川柳界の顔的存在。「川柳は、俳句や短歌に比べるとまだまだ一般に理解されていない。サラリーマン川柳とは一味違う本格的な川柳をもっと広めたい」

月一回は協会のある大阪や、文化庁に出掛ける忙しさ。それでも、毎月欠かさず、自らが会長を務める「ふんえん」に作品を掲載する。

「今年は傘寿。自分の川柳生活の集大成をまとめたい」と句集づくりにも意欲を見せる。

「川柳はだれにでも取り組めて奥の深いお茶の間文芸。高齢者だけでなく、子離れした主婦や、ジュニアの情操教育にも最適。底辺拡大に努めます」。二十四日には熊本市のホテル日航で会長就任の祝賀会が開かれる。

本名・辰喜。熊本市八王寺町に妻と二人暮らし。

### 短信

◇**日本都市社会学会の20周年記念大会**　9月7―8日、久留米市御井町の久留米大学御井キャンパスで。7日午後1時半から記念シンポジウム「都市社会学の現在―批判と反批判」があり、徳野貞雄・熊大教授の「"ムラ"と"農"から見た都市社会学」と題する報告や討論。8日午後1時半から「アジア都市の可能性―居住環境の改善とコミュニティ形成」と題するテーマ部会がある。両日の報告部会では、中国の都市部における高齢者問題、大規模災害からの地域再生など19のテーマを取りあげる。一般も無料で聴講できる。問い合わせは学会事務局の東京都立大・森岡研究室☎0426(77)2056。

❷

熊本日日新聞

## 人

「この年齢で理事長になるのは心苦しかったが、選ばれたからには何かを残さなければ」

全日本川柳協会は全国約四百の結社で組織。前理事長が五月に急死したため、秋田県大潟村で開かれた全日本川柳大会で選出された。「廻や用語など、川柳のハード面での全国的な統一を図る。全国の結社の足並みをそろえ、親ぼくを深める。それに、青少年に川柳への理解を深めてもらうこと」と抱負を語る。

「川柳をやっている人の多くは六十歳から八十歳。その中でも中心になるのは七十歳前後になる。お年寄りの文芸

### 全日本川柳協会理事長になった 吉岡《よしおか》 龍城《りゅうじょう》さん(76)

### 青少年の理解深めたい

というイメージで、青少年からはそっぽを向かれているのが現状。教科書などで取り上げてもらい、若い人にも理解を持ってもらいたい」。その熱っぽい口調は、年齢を感じさせない。

宇土市出身。兄の影響で戦後本格的に句作を始める。昭和二十五年、川柳噴煙吟社の結成に参加。同四十五年から約二十五年間主幹を務めた。現在は、主幹を弟の吉岡茂緒さん(七三)に譲り、自身は会長。来年一月、噴煙吟社は結成五十周年、機関誌「ふんえん」は六百号を迎える。

「川柳は自分自身のことを五七五で表す文芸。主観が凝縮されたもので、本音を出さなければ通用しない。それだけに本音で付き合える仲間が増えます」

川柳の命は、あくまでも軽快な表現。人の悪口を言わないことも大事という。「批判精神は必要だが、ユーモアがないと…。ただ、ついつい悪口が先に出てしまう。品がいい句というのはなかなか難しいんですよ」。ベテランならではの一言だ。

本名・辰喜(たつき)。熊本市八王寺町に妻・純子(すみこ)さんと二人暮らし。

❸

## 荒木精之記念文化功労者

## 地域文化振興の3氏に

### 県文化協会

吉岡龍城さん　藤瀬宗男さん　岩永浩さん

岩永　浩さん（阿蘇市）
藤瀬　宗男さん（嘉島町）
吉岡　龍城さん（熊本市）

県文化協会（小堀富夫会長）は九日、地域文化や専門分野の振興に貢献した個人に贈る本年度の荒木精之記念文化功労者の受賞者を発表した。受賞者は前阿蘇市文化協会長の岩永浩さん(七二)＝同市、元嘉島町文化協会長の藤瀬宗男さん(八二)＝同町、川柳噴煙吟社名誉会長の吉岡龍城さん(八四)＝本名・辰喜、熊本市＝の三人。

岩永さんは、旧阿蘇郡一の宮町の文化協会長として長年にわたり町文化祭を継続。隣接町村との合同文化祭も開催した。二〇〇五（平成十七）年の町村合併で阿蘇市が誕生した後は各町村文化協会の一本化に奔走、市文化協会設立を実現した。

藤瀬さんは、上益城郡嘉島町や文化関係者に呼び掛け、八七年に同町文化協会を設立。〇三年まで初代会長を務めた。在任中は、特に県重要無形民俗文化財「六嘉の獅子舞」の保存に努めた。現在も同協会顧問として後進を指導している。

吉岡さんは五〇年、川柳噴煙吟社の結成とともに入会。七〇―〇五年まで代表幹事として同吟社をけん引。この間、全日本川柳協会理事長、同会長を歴任。〇五年に同名誉理事長となった。〇三年には県芸術功労者として顕彰されている。

荒木精之記念文化功労者は、県文化協会初代会長などとして熊本の文化振興に尽力した荒木氏を記念した賞。〇五年までは芸術文化に功績があった個人が対象の「荒木精之文化賞」だったが、昨年から名称と対象を衣替えして実施している。県文化関係団体や地域の世話人などから推薦を受け、選考委員会で審査した。

表彰式は、九月六日に熊本市上通町のホテル日航熊本で開く県芸術文化祭の前夜祭席上である。（富田一哉）

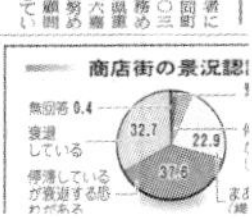


❹

2001年(平成13年)12月22日(土曜日)

## 土曜文化

### 傘寿懐古

吉岡　龍城

行先は遠く仏の知恵も借り
いいことなど喜び合ってはや傘寿
傘寿まだ出世払いが果たせない
夢ばかり貯めて世相とずれていく
[illegible]スリルを抱く傘寿
片カナ語の中で傘寿のかくれんぼ
あみだくじに当ったように生き傘寿
傘寿から先は毎日祝います
赤紙の呪縛が解けぬまま傘寿
[illegible]傘寿の[illegible]

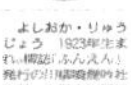

よしおか・りゅうじょう　1923年生まれ。柳誌「ふんえん」発行の川柳噴煙吟社会長。全日本川柳協会理事長。熊本市在住。

①全日本川柳協会会長就任記事（平成14年8月23日、熊本日日新聞）

②全日本川柳協会理事長就任記事（平成11年6月25日、熊本日日新聞）

③荒木精之記念文化功労者受賞記事（平成19年8月10日、熊本日日新聞）

④土曜文化欄に発表した傘寿懐古10句（平成13年12月22日、掲載紙不明）

せは情
肥後路の風は
やさしいよ

龍城

牛の白い
青年させて
たのもしい

龍城

# はじめに

身近に接してきた者たちの見る吉岡龍城は、生来のねあかで楽天家だった。「人間万事塞翁が馬」が私のモットーだと、本人もそう言っている。屈託のない話しぶりで、会う人、話す相手をみな友達にしてしまう。策を弄するわけでもなく、身に着いた楽しげな雰囲気にいつの間にか引き込まれて、師も弟子もない仲間になる。そうして仲間の輪はだんだんと広がっていく。当初三百人足らずだった噴煙吟社を全国有数の結社に育て上げた原動力の一端が、こんなところにあったことは間違いない。人徳というものであろうか。翻ってその作品はどうであろうか。上手な句に見せようと小手先の修辞に凝ることも、ことさらに自己を主張しようと見栄を張ることもない。それでいて、どの一句にもなんとなく読む人を納得させる面白さがある。自らを飾ることのない天然の作品たちだ。ここには龍城が生涯に詠んだ一万句ほどから、落ち着くところはやはりこんなところではないかと思う二百余句を、生前龍城がもっとも信頼していた中川しのぶ、めぐむ姉妹の眼を借りて選ばせてもらった。吉岡龍城という人間を、多少なりとも理解していただける縁ともなれば幸いである。

令和元年十一月　吉岡 茂緒

良いことは皆んなで分ける菊の酒　龍城

草千里牛にも春の舌ざわり　龍城

# 吉岡龍城の川柳と気風 ■ 目次

# 吉岡龍城の川柳と気風

世界中
仲良くしよう

風車舞う

龍城

# 第一章

# 赤とんぼ

大正の反骨少し右寄りで
日の丸の白地が耐えに耐えている
大陸に捨てた軍馬が夢で鳴く

---

〝三年習うより三年師を選べ〟と言う中国の諺がある。日本でも年季を入れる習いごとではよく聞かれる。茶道、華道など日本の習いごとには、それぞれ由緒ある流派があり、長い伝統をもっている。流派や結社にはいろいろな長所がある反面、一たんその縦割り社会に入るとさまざまな制約があって容易にそのワクからぬけられないのも事実である。

雑兵が石の数程死んだ城

年輪に行方不明の愛の数

鉛筆を舐めた机はリンゴ箱

寒い部屋六法全書繰っている

モッコスの虫を五体の隅に飼う

戦争を時効にさせぬ義眼もつ

---

川柳上達の近道を箇条書にしてみる。

一、幾つかの本を買って読むこと

二、新聞雑誌や、テレビラジオの川柳欄に投稿してみること、などが考えられる。それよりもさらに、

完全武装で行先知らぬ春の闇

玉音や食べ残したるかぼちゃ飯

君が代の昨日に捧げ銃がある



---

三、自分の居住地域にある川柳教室に入ること、さらに近くの川柳結社に入門することをすすめる。結社はよく検討して、必要があれば誰かに推薦してもらうこともよいだろう。

　そして結社や教室に入ったら

四、句会に積極的に出席することである。

追い風に乗って仲間を見失う

不器用に男のネジを巻き戻す

ブレンドの香りに軽い罠がある

---

私たちの人生は、汚いものより美しいもの、苦しいことより楽しいこと、悲しいことよりうれしいこと、悪より善、そんな生活向上を願うこころがあるが、そのこころを詠むのが川柳である。

雪月花楽しく生きた笑い皺

草臥れた靴に答がついている

わだかまり解けず一切れ残る皿



川柳にも数多くの結社がある。それぞれ特徴をもっているが、過去にはお互い同士の交流が少なく、一つの流派の色調に染まってしまうと、その結社以外の川柳を見ようともしない傾向があった。しかし生涯学習の現代では様相が一変している。

逆らった人智に怒るあばれ川

弟も帰還我が家も戦後処理

助太刀の距離に弟居て呉れる

---

良い句を詠もうとすることは、いい世の中にしようとすることに通じる。柳人には悪人がいない、と言われる所以は、川柳が人間性の修養でもあるからだろう。私たちの心の中には、いわゆるネアカとネクラの両面があるが、そのネアカな面を引き出して川柳に取り組んでみて欲しい。

敵持たぬ羊の角は後ろ向き

ジャンケンで決めて戦争やめようよ

幸せはいつも今だと思ってる

盃がじわじわ語る裏ばなし

子の帽子柱に掛けたまま忌明け

前列で敵にも味方にも拍手

沸騰点男になれとけしかける

味方ぶる人と親しむ紙コップ

国境の無いバラ色の世界地図



これから私たちが目指す川柳は、職業、年齢、身分、性別、を越えて本音の交流の中で心豊かに川柳の新人を育て、川柳の輪を広げていく、明るく楽しい文芸だ。

世界中仲良くしよう風車舞う

黒枠の父が切札まだ隠す

黄泉の旅義理も不義理も切って発つ

人間生活で最後に到達するのは、趣味に興じ、自然に還る生活といわれるが、川柳も自然順応の文芸である。マンネリを感じさせない工夫や、好奇心や、感動は心を健康にしてくれるだろう。

酒愛すこころも句碑にして残す

母がつくる巻ずしの具はあふれてた

二つ違いで生涯威張っている愚兄

欲のない母で孝行してやれず

決断は母の涙を見ないふり

わが家では犬が一票持っている

嫁ぐ娘へせめて笑顔をはなむける

初孫を抱けばはるばる生きたもの

酔い醒めて三途の川の水鏡

課題に忠実ということは、個性のない生気のないものができやすくなる。また、ともすれば文字の遊戯となりやすい。それは感情をおろそかにし、感激から生じるのでなしに、与えられた題そのものの概念により、小手先の理智を弄するからである。題そのものを先入の概念で説明しようとするからである。

太陽の傘下に駄々っ子の地球

良心の中に縄文人が住む

化野の風饒舌な仏達

---

現今慣用されている課題は、作句習練のために、一つのヒントを与える標的として、方便として用いられるべきであり、題詠万能は作句の本意ではない。

城下町みんなお城へ続く道

お隣りがいつもうらやむ里がある

赤とんぼいつまで歌の中で飛ぶ

ふるさとの性善説の中に住む

牛の匂いさせて青年たのもしい

虫眼鏡虫もびっくりしている眼

朝はもう炎え尽きていた螢籠

少年に還る日はなし楠若葉

押花のページにかすむ遠いひと



字余りや字足らずの破調は定型無視の自由律尊重から起こったのではなくて、定型の変化だと考えられる。定型にこだわってかえって句の生命を台なしにするよりも、破調にした方が作品がスッキリする、力強くなる、情感が湧くことも多いといえよう。

幸せをみんな演じてクラス会

赤い血が下に流れている素肌

嬉しくて進んでばかり花時計



---

云うまいと思えど今日の暑さ哉

元日やきのうの鬼が礼に来る

など、いずれも江戸時代の出典不詳句であるが、私は内容的には完全に古川柳であると判断しているが、俳句か川柳かの議論では、切れ字があるから俳句である、と分類されている。俳句では切れ字十八語といわれているが、芭蕉は五十音みな切れ字とさえ言っている。

子の眼には電池が切れた兜虫

花の散る下でたんぽぽ春の歌

孫にやる童話探しに春の午後

# わが名と生年月日



## 姓名学程人生は甘くなし

大正十二年三月二十九日——戸籍に記された私の生年月日である。母は熊本県松橋町曲野の実家で私を産んだという。まだ産褥にあった時、庭の小春柿が見事に熟れていたので、母は訪ねて来た父に「採ってきて」と頼んだが、「産後に柿は毒だ」と言って採ってくれなかったと、後になって何回も母の愚痴を聞いた。

大正十二年の正月をのんびりと曲野の実家で過ごした母は、百日の宮参りも隣接した曲野神社で済ませてから、宇土市の婚家へ帰ってきた。その際、私は父から「茂治」と命名されていたという。

商家であったわが家の年末年始は多忙で、私の出生届も放置されていたが、三月中に入籍手続きをしないと小学校の入学にも支障があるので、隠居していた祖父幸八が役場へ出生手続きに出掛けた。

祖父幸八は、わが家の商売よりも町内や他人の世話が好きな好々爺であった。役場へ入籍に出掛けた途中で立ち寄った家に、運勢や姓名学に詳しい友人がいたので、早速私の運勢判断をしてもらったという。

「向かい干支」という縁起があるという。十二支の時計回りの配置で、真向かいにある干支のことである。私の生まれは大正十一年の戌年であるから、真向かいは「辰」「龍」である。その「辰」「龍」を名にもらって付けると強運になるというのである。入籍へ行く途中、祖父の思いつきで、私は父が名付けた「茂治」から「辰喜」に変えられ、出生届が出された。雅号の「龍城」もこの「龍」へこだわりがあった。

いま私の家にも、肥後小春柿を二本植えている。甘味たっぷりに熟れるのは、小春日和の十一月である。してみると、私の生まれは、大正十一年十一月であろう。戸籍の大正十二年と本当の大正十一年生まれを、都合よく相手に合わせて使い分けているが、得をしたのか、損をしたのか、自分でも分からない。

**犬の子も柿も我が家は当り年**

百才のオーラ
目指して
再起せむ

振哉

# 第二章　春秋

新聞の首相踏みつけ爪を切る

外人も私もカタカナ語で話す

日の丸を揚げると風も新たなる

ブラジルの熊本弁が元気よし

丹前が無いから異国の夜の冷え

---

芭蕉は晩年、軽味と滑稽を提唱したが、その「不易流行」の句風は、現代川柳にとっても基本である。

胆石が七つ社用で飲んだツケ

数珠繰って極楽の詩口ずさむ

母が死に孫が生まれて数合せ

夕日輝いて極楽の門が開く

夕焼けにキリンのふるさとが遠い

---

初代川柳が四十八歳のとき幕命によって、

役人の子はにぎにぎをよくおぼえ

たましいを切羽つまって質におき

など四百句が除外入れ替えとなったが、川柳には親子兄弟、仲間、男女の人情を大事にする意識を強調し、権力者の偽善を憎む本音が窺える。現代にも通用する川柳の心であると思う。

冷凍魚海の匂いを忘れたか
極楽の島にも働き蜂が飛ぶ
動乱の昭和消燈ラッパ鳴る
七草の雑煮に昭和しめくくる
哀歓のドラマを隠す石一基

ノーと言う言葉をロボットは知らぬ
石投げた波紋に善人が溺れ
ガラクタの人生だった寒い春
3Bの目立ちたがりも弱い芯
進軍ラッパ吹かせてならぬ鼓笛隊



　私の師大嶋濤明は聞き上手で、にこにこと酔っ払いのたわごとも本気で聞いてくれたし、何事もその場でベストを尽くす人だった。筆まめに便りを書き、句会の案内や文化行事にも小まめに出席されていた。

　半面、自分自身には厳しいものがあり、意志も強固であった。毎日、晩酌は一本で、肴は鯛の刺し身を二切れか三切れ、ご相伴の私たちには次々と飲ませながら、自分はいつも同じであった。

駅を出て臍に力が入る都会

天下り三段跳びの椅子がある

古稀の眼にまわりは若くなるばかり

肩書を外すとただの粗大ゴミ

止り木のどんぐり同士酎旨し

いま期待できない人、自分と比べて内心、半分の能力と思える人、そんな不十分と思える人も十年先には自分を越えるかもしれない。川柳界はいま、子育てを終えた五十代の女性、定年退職後の六十代の男性、そんな初心者が多い。それでも二十年以上の活動期があるから、そんな後進者たちの十年先に期待しよう。

雪月花じわじわ狂う温暖化

磨いても光らぬ石が丸くなる

足し算と引き算相談出来上がる

役職を辞して壺中の天を知る

鬼だって優しい顔をして昼寝

一刀で死なない斬られ役の意地

助太刀がいつでもできる指呼の間

点睛を欠き瑞雲を掴み得ず

花に寄せる想いを風に語らせる

静止画像の裏に解けない謎がある

出て行けも出て行くも無く五十年

叙勲からまた人生の秋動く

正解の無い人生と知って喜寿

熊本が真ン中私の世界地図

あの人とまた極楽で出会いたし



---

川柳という共通の広場に、心豊かにひたれたという喜び、これこそ川柳作句の醍醐味というべきであろう。

嘘ついたのは悪人と限らない
屋久島の猿に教わる政治学
本箱にまだ青年の目の野心
草原の歌声の輪に牛が居る
晩成の手相はリストラにもめげず

「人間万事塞翁が馬」は中国の諺であるが、一年半の野戦の体験から現在も私の悟りとなっている言葉である。幾度か死線を越えるとき、自分の意志ではどうにもできない運命に遭遇することがある。そんなときは、時流に任せてチャンスを待つことである。

記念樹はすくすく伸びて子は背く

耳鳴りは軍靴の音になって呆け

泣いたこと笑って書ける半生記

助っ人はバケツリレーを知っている

お仕置の縄の結び目弛かった

お若いの「お」に警告が込めてある
昇天の龍炎え尽きて星となる
アフリカの飢餓大国のエゴ暴く
死に水をとるロボットの冷たい手
浦島は煙の底をかきまわし

風船を飛ぶ気にさせたファンファーレ

一杯の水いつわりを隠しもつ

ドッグフードが旨くて吠えること忘れ

貴男看とってゆっくり花を咲かせたい

反骨で右側ばかりみて歩く

私にとって川柳はパチンコに代わる趣味である——と言ったら川柳を冒涜するものと非難されるだろう。しかし、私は川柳を軽視するものでなく川柳に対する考えを変えたものでもなく、ただ川柳を作る気軽さを思うのである。気軽である方が息切れもせずに作り続けられる。

先頭の鉢巻きブルータスが居る

幸運を待とうか石に枕して

群衆はタクト通りに唄わない

娘はいつか大人になって向き直る

インターナショナル性善説の輪が回る

---

句会は私たちの心の触れ合う貴重な機会である。例えば同じ題に取り組んでも出来上がる句は人それぞれに異なった題材を用い、異なった表現法を用いるであろう。句は作者の生活であり、思想なりの反映であるからには、そうあるのは当然のことである。

夜桜に抱かれて眠る天守閣

見ざる聞かざる言わざる余生寝てござる

中秋の天に似合って古稀の句碑

ネジ巻いてくれる友あり余命表

くたびれた鞄に敢闘賞やろう

肩の荷をおろして下る花の坂
生きていく雑草同士にも秩序
遠来の友に阿蘇路が晴れてくれ
悲しみの奥で計算器を叩く
素晴しい嘘を並べてサヨーナラ

孫抱けばぬくみが心までとどく

定位置を守り春待つ福寿草

もう一人の自分を諭すひとり言

夫唱婦随でも実印は妻が持つ

子も孫もみんな揃った悲しい日



柳人の中には俳句嫌いの向きが多々あるようだが、一方俳句人、狂句人にもアンチ川柳の人も多いことだろう。これは、お互いがあまり身近なために起こる縄張り争い、主権争いにすぎないと思われる。もはやチマチマと張り合ったりすることより、手をとり合って進むべき時期に至っているのではないだろうか。

すぐ折れる弱気を妻がくやしがる

飴貰う後ろで鞭の音がする

嬉しさを語る言葉が歌うよう

髪の毛が抜けるぞ癌も抜けてるぞ

今朝の運勢病床悪戦苦闘のみ



---

戦後の耐乏生活のさ中、張り切って作句していた頃は本当に楽しかったと、仲間たちでよく話し合った。昔を懐かしむなんて、私たちの頭が老化現象を起こしているからだろうが、老化といえば、柳誌や作品や句会のあり方など、川柳全般の動脈硬化が亢進しつつあるのではないだろうか。

ところが最近、俳句や狂句の人からも同じような意見を度々聞かされる。

席ゆずる心を古希で持っている

花よりも草の緑に親しむ日

ほのぼのとくすぐる嘘と知りながら

万歩計自分に勝った汗と笑み

見も知らぬ仏へ義理の弔辞読む

自動ドア開けっ放しの繁盛記

武士道の国に男性化粧品

ホームレス鳩から信じられている

昔なら兵隊にやる怠け者

リストラで一転似合う作業服

一匹の虫が切り札出したがる

正義派へ雑魚ばっかりの助け舟

俺だって生きねばならぬこぼれ麦

納得をせぬ部下がいる民主主義

男なら今日の苦労は明日の花

川柳は人事諸相をうたい、時代の出来事を諷詠するから、感激でも多少理智を用い批評的になる。客観するだけでなく、思索し批判する処に必ず作者の主観を重視しない訳にはいかない。

岐れ道に来て道連れが敵となる

愛情を四捨五入して嫁くと決め

還暦の日に猪は豚になる

お悔みを言う表情を整える

縁切れば貧乏神が可哀想



一回目の全日本熊本大会の折、タイムスケジュールの都合で呼名を省略して、選者一回披講後に記録係が間髪をいれずに作者名を発表することを実行した。直後、親しい先輩から厳重な抗議が入った。「呼名のない川柳大会は気の抜けたビールだ。披講、呼名、復唱がうまく揃ってこそ川柳大会の妙味があるのだ」

私は成る程と反省させられた。脇取は句会の演出家を自負しなければならないと思った。

おだてればすぐ跳ねたがる馬の足

秀才と才媛不肖の子が育つ

喪服着て蝶を弔う蟻の列

町内で犬猫にまで売れた顔

帰ろうか飲もうか街角の思案

大ジョッキますます縁談遠くなる

のらくろも老いたり酒を飲み残す

二次会の時計は逆に回りだす

負け犬のむかしむかしを聞く夜長

もっと奇麗な夕日へ君と旅したい

手術して素敵ないのち又貰う

かな文字の墨の色香も想夫恋

角砂糖恋はあせらずとけてゆく

別れても風の噂が聞こえます

握手して指切りをしてもう来ない



人間とは学名・ホモサピエンス。哺乳類。大脳の中枢の発達が著しくて、言語、感情、理性の働きにすぐれ、文化を創造して社会的な生活を営む。そして「笑う」動物である。

「笑い」といっても川柳作品であるからには、川柳味即ち文芸性が必要だ。馬鹿笑いでは品格がない。言葉遊びの駄洒落も頂けない。奇抜な誇張や語呂合わせ、おどけたギャグやパロディーが喝采を受けても、私たち川柳人には文芸性の感じられないただの悪口だといえよう。

# 雅号（柳号）と「龍城」

本名辰喜は自分が生まれたときに親たちから、幸せに成長するようにと期待を込めて名付けてもらったありがたい名前である。雅号は自分の意志で名付けるし、自分の夢や抱負、変身願望を込めたりする顔である。「川柳」も元は、初代柄井川柳（八右衛門、名は正通）の雅号であった。柳樽三二篇（千瓢庵草麦）に「夫れ翁は、葉の広きを以て芭蕉と号し、近頃、川柳は自らひげして葉のせまき心を思い名をつくる」とあるから芭蕉に傾倒していた雅号と思われる。

私は、昭和二十五年、それまで号していた「田月」に同名の人がいたことが分かったので、同じ「タツキ」の本名読みで「龍城」にして、その頃教わっていた熊大教授の田中辰二先生に相談したら「リュウジョウ」と読むべきだと言い切られた。以来「リュウジョウ」と呼名している。本名もじりである。

昭和六十年、宇土市の生家を処分したところ、仏壇の奥から弘法大師像の掛け軸が出てきた。もう読めなかったが洗剤で洗ってみると、「高野山龍城院」の字が浮かんできた。叔母が大正九年に嫁いで来たときに、実家の真言宗の寺から持参したものであろう。私が生まれる前から家に在ったと思うと宿命のようなものを感じる。

その後二回、高野山に行って龍城院を探したが見つからなかったことを句集「とまり木」に書いたら、和歌山の野村太茂津さんから「高野山に勤める川柳家を紹介する」とお便りがあり、その人に見つけ出していただいた。

龍城院は、手入れの届いた樹齢百年以上の杉木立に囲まれた金剛峯寺に隣接して新築されていた。龍城院は肥後藩主の高野山菩提寺であり、大扉には細川家の九曜の紋が彫られていた。熊本県内には数多くの末寺があり、叔母の実家も末寺の一つであった。いまも宿坊には熊本から来泊する人が多く、現在も細川家との交流が続いていると聞いた。数年前に火災で龍城院が焼失して、再建された後は、寺名も総持院に一体化して、元龍城院とされている。それから、私は毎正月、元龍城院である総持院の祈禱札を頂き、御加護を受けている。

ねうしとらう
仏に近く
なっていく

龍城

第三章

# 万華鏡

菜の花で出会いコスモスで別れ

太陽を胴上げされる手で掴む

寝ころんで雲の言葉を聞いている

---

現代の川柳は、自分自身の姿や思っていること、自分が生きている社会生活を詠む文芸である。自分の信念、社会観、職業観、未来像、そして周辺活動、両親、兄弟、子育て、あらゆる身辺の動きを題材として綴る。十七字のドラマ、エッセイ、そして絵となり、スナップとなり、その川柳作品の集大成が自分史となる。

ロマン一つ心の奥に鍵掛ける

先を行く犬が知ってる曲り角

別れ話猫は薄目で見ていたり



まず川柳の歴史を知らねばならない。短歌に「万葉集」があるように、「誹風柳多留」は川柳の教典として一応目を通すべきである。

絵のような漁港に鰯揚がらない

花を愛で梅酒つくって二度楽し

良いことがときどきあって生きる欲

私たちは自然の中で生活しているが、美しいものや素晴らしい景色に出会うと感動する。それから心を静めてしっかり見つめていくと、自分の思いと自然の事象が結びついて川柳の構想が展開し、自己を代弁させる表現や擬人的な描写が生まれて、七・五調のリズムに言葉省略を試み、川柳を詠む。

旅立ちの希望満載かたつむり

食い違いばかりの仲でなぜ夫婦

虎の威を借る窓口の小生意気

道草が楽し余生の靴が鳴る

ねうしとらう仏に近くなっていく

孫の机貰って晩学の習字

仏彫る人も仏の顔になる

清正公さんと今日は一緒に飲む祭り

子猫の死椿がポロリ貰い泣き

物覚えが良くて、リズム感が豊かで、発想が鋭くて、選者の傾向を見抜いて当て込みが上手で、名句表現のアレンジが器用で、その結果は川柳の外形ばかりを知って、その神髄に触れぬうちに川柳天狗となって入選の数ばかりしか数えなくなり、スランプと共に入選数も落ちて、だんだん川柳から遠ざかってしまう。

じいちゃんとばあちゃんひっそり誕生日

真白に洗おう罪を消すように

鴉老いて夕焼けの絵に帰りつく

---

「川柳なんかカンタン」と思っている人、また面と向かって言う人に時々出会うことがある。なるほど、古川柳を幾つか知っている人、サラリーマン川柳を読んだことのある人などさまざまであるが、ほんの一部分の川柳を覗いた人たちである。なかには現代川柳家と称して「古川柳は嫌い」という人もいる。川柳会に出て来て、他の文芸より川柳を低俗視している川柳人もいた。

灯ともしてやったら母の笑い顔

裕福に見られる顔も徳のうち

$CO_2$地球を食っている色だ

負け犬に屋台のラーメンが温い

余命有限この世に残すもの整理

咳一つすると家中こちら向く

玉手箱開けて退院物語

夕立のシャワーにひまわりの笑顔

牙折れた猪は豚にも戻れない

その日の記憶や記録を反芻しながら、心や眼で捉えた疑問、期待、新発見に感情を盛り込んで十七音調のリズムに乗せてみるのも楽しいことである。

川柳の上達は川柳づくりに馴れること。即ち「体得」、身に着けることである。

七転び八起き亥年の日々新た

病床と嘘の約束してしまい

生き返らないから惜しまれる弔詞

---

昔は師弟の関係は一生涯続いた。しかしいま川柳の社会は伝統尊重の縦割り組織から、現代情報社会の横への広がりが目立ってきた。本屋には入門書、句集、辞典が並び、新聞、雑誌マスコミの柳壇募集、インターネット、地域の生涯学習講座等、川柳活動も迷う程に増えている。習う者が先生を選ぶ時代に変わったのである。

つまずいた穴に仏と鬼が住む

本当の親切若さがとりこぼす

賛成と言わねばならぬ小さい恩

八十八巡って消えぬ罪いくつ

ロボットになるのが人形の願い

窓の四季また秋が来た闘病記

目を入れてやればダルマが笑い出す

八千の石に仏の慈悲刻む

風花や野仏の肩越えて消ゆ

私にとって二十歳代は遊びのための川柳であった。類は類を呼ぶの例えで、柳友の中にもだんだんと悪友が増えて、川柳を肴に飲み回り、夜を明かして放談するのが楽しかった。

あの頃を知る記念樹を入れて撮る
一抜け二抜け利口な影が風に乗る
ブレーキがこわれた少年の血の気

三十歳となって先輩たちに追いつき追い越そうと奮起して、大会男と評されながら、入賞したい一心で競技に徹していた。

復元の城の記憶にない一揆

回復の先の自画像描き変える

イントロに乗れぬ人生後手ばかり

わたしはアヒルおだてられても翔ぶものか

糖尿の犬も頑張れ万歩計

企みも無く若竹は天を衝く

花一つ一つが精一杯の演技

豆の蔓空の高さを知らず伸び

赤トンボ夕日に染めて来た体

四十歳になってからは、川柳の持つ俗気に惹かれ、川柳の遊びもまた勉強と意識して、川柳との仲を少しずつ深め、一生涯切れない宿縁の川柳であるという境地にも達した。

草千里牛にも春の舌ざわり

いいことは皆で分ける菊の酒

日の丸が少し退屈した平和

---

五十歳以後は、川柳は人の心を豊かにして人間愛を育て、信頼の友をつくる一生涯をかけて取り組む自然順応の文芸であり、作句の好奇心や感動は心を健康にしてくれると信じた。

寒がりの猫と余生を温め合う

念仏を唱えて夢で逢いましょう

足跡のひとつひとつに恩がある

灯を消せば阿弥陀如来も目を閉じる

約束をした一粒の花の種

リトマス紙愛に中間色がある

籠の鳥歌っているか泣いてるか

草千里に寝て一匹の虫になる

明日死んで悔いなき蝉の相聞歌

私は川柳が日本人に最適の文芸であると信じ、こんなに良い川柳づくりの喜びを一人でも多くの人たちに知ってもらいたい、自分の持っている川柳知識を分けて差し上げたい、それがこれからの私の使命であり、生き甲斐と思っている。

光らない部屋で男が病んでいる

諸行無常さっき泳いでいたうなぎ

吹き溜り落ち葉が過去を語り合う

---

「入口は遊びで出口は文化」と教わったこの言葉こそ私が目指す川柳である。私の川柳が今まで続いているのは、入門時代の悪友や先輩たちの人間味豊かな交流があったからだと思う。

外輪を下れば五岳向き直る

# あとがき――解説をかねて――

龍城には六歳上の兄五竹（本名茂）がいた。川柳の道に入ったのも五竹に触発されたからである。五竹が師としたのは昭和2年、九州日日新聞に熊本初の柳壇を開設した田中辰二（号鳴風。当時第五高等学校教授）先生である。五竹は川柳熱が高じて、昭和15年熊本川柳会を結成、月刊「火山灰」を発行（昭和16年5月五竹急逝により廃刊）した。十五、六歳から龍城はそんな兄を身近に見、川柳の話を聞かされ、自分でも川柳らしい句を作ったりしていたようだ。龍城にとって川柳はとくに学ぶものではなく、自然に身に着いていた。

龍城が本格的に川柳を始めたのは昭和25年、大嶋濤明先生の川柳噴煙吟社に関わるようになってからである。そして川柳の実践者として師の後を継ぐことになる。根あかで楽観主義というのは川柳と相性がいい。筋道を建てて川柳作りを人に教えるのはあまり得意ではなかったように思うが、自らが楽しむことで周りの人に川柳の楽しさを伝えた。川柳の世界に身を置くことの喜びを伝えた。

「川柳の上達は川柳づくりに馴れること、即ち体得、身に着けることである」と言っている。川柳にどっぷり漬からなければ川柳の面白さは分からない、と言う。仏教でいうところの執持である。自分でも気に入っていた「龍城作品コメント集」（一冊目は噴煙吟社発行、二冊目は熊本日日新聞文化センター発行）にその心が編まれている。

**極楽に連れていきたい猫と住む**　龍城

「私の人生に猫の存在は大きい。彼等の死にも幾度となく直面し無常観に涙したものだ。先に逝った代々の猫たちがきっと私を待っていると信じている」（しのぶ）

**寝たきりの母は足音待っている**　龍城

「私の母も家族との別れが日一日と迫ってからは、静寂の中でいつも足音を気にしていた。究極の悲しみが胸に響いてくる」（めぐむ）

一読明快は龍城作品に一貫している信条である。川柳は作れば終わりではない、読む人がそれに応えてはじめて完結するとの思いから出した「コメント集」だった。

以下、時を追って身近な作品で龍城の姿に触れてみたいと思う。

**五尺二寸服に合せて二等兵**

昭和18年に徴兵されたが、あまり兵隊向きではなかったらしい。

**弟も帰還我が家も戦後処理**

私は昭和28年、抑留生活を経て旧満洲から九年ぶりに帰国復員した。

**香煙のゆらぎ黄泉路を児が辿る**

昭和33年に次男雄二急逝、小学四年生だった。句にするまでにはどれほどの涙を流したことか。

**黒枠の父が切札まだ隠す**

昭和40年、父逝く。性格も生き方も父とは異なっていたが、父の築いた信用に助けられることは多かった、と後に語っている。

**初孫を抱けばはるばる生きたもの**

昭和45年だからまだ四十八歳、はるばる生きたものはないと思うが、若くして祖父となった感懐であろうか。

**母が死に孫が生れて数合せ**

昭和56年母没、孫娘誕生。数合せとはいかにも龍城らしい。

龍城は川柳にかぎらず人生を楽しむことにかけても達人であった。

**お陰さま祭り気分でいる余生**

と、六十余年の川柳生活の集大成として「続とまり木」三部作を出版すべく、準備を始めたやさき、

**米寿まで五年手前の落し穴**

見つかった癌はすでに深刻な状態で、強力な抗癌剤治療が唯一の選択肢だった。文字通り

**二十四時間寝る苦しさも命がけ**

から、強運に恵まれて

**癌だって花見の頃は中休み**

となり、「続とまり木」三部作も強力な助っ人の手で無事出版の運びとなった。その後、入退院を繰り返して、平成21年5月に幸せな生涯を閉じた。

今回新葉館の竹田麻衣子氏に、広く龍城作品を読んでもらうチャンスをいただき、また中川姉妹には「止まり木」に続いて再び力を尽くしていただいたことに、心から謝意を表するものである。

令和元年十一月

吉岡　茂緒

【編者略歴】

吉 岡 茂 緒（よしおか・しげお）

大正13年12月１日　熊本県宇土郡宇土町（現宇土市宇土町）で出生。本名・茂男
昭和20年１月　専門学校在学中に徴兵
昭和28年７月　捕虜、抑留を経て旧満洲より帰国復員。兄龍城の勧めで川柳第一作
昭和36年５月～昭和39年１月
昭和45年８月～平成13年２月
　川柳噴煙吟社（現ふんえん）編集担当
平成９年２月　川柳噴煙吟社主幹
平成17年３月　同吟社会長
平成20年３月　名誉会長。現在顧問
　著書に「吉岡茂緒川柳句集」、「きょうからあなたも川柳作家」、「続・吉岡茂緒川柳句集」

川柳ベストコレクション

吉岡龍城の川柳と気風

○

2019年12月25日　初　版

編　者

吉　岡　茂　緒

発行人

松　岡　恭　子

発行所

新　葉　館　出　版

大阪市東成区玉津1丁目9-16 4F　〒537-0023

TEL06-4259-3777㈹　FAX06-4259-3888

https://shinyokan.jp/

○

定価はカバーに表示してあります。



ISBN978-4-86044-044-2